VENTE

Après le décès de Madame la MARQUISE DE ***

BEAU

MOBILIER ARTISTIQUE

DIAMANTS, BIJOUX, ARGENTERIE

Objets de Vitrine, Porcelaines, Bronzes

DENTELLES, GUIPURES

TABLEAUX ET GRAVURES

Exposition publique

Le Lundi 23 Juin 1890, de 1 heure 1 2 à 5 heures 1 2

HOTEL DROUOT, SALLE N° 1

COMMISSAIRE-PRISEUR :

Me Jules APPERT
Rue de Rivoli, 55

EXPERT :

M. B. LASQUIN
Rue Laffitte, 12

PARIS — 1890

IMPRIMERIE MAULDE et RENOU

A. MAULDE & Cie

IMPRIMEURS DE LA COMPAGNIE DES COMMISSAIRES-PRISEURS

Rue de Rivoli, 144

NOTICE

D'UN BEAU

MOBILIER ARTISTIQUE

ANCIEN ET MODERNE

DIAMANTS ET QUANTITÉ DE BIJOUX

36 kilog. d'Argenterie

Boîtes Louis XV et Louis XVI en or émaillé
et en cristal de roche
Miniatures, Bijoux anciens, Objets de Vitrine, Éventails
Porcelaines et Biscuits de Sèvres, de Saxe et de Chine
Bronzes d'Ameublement, Cartel Louis XV
Jolis Siéges et riches Tentures, Tapis, Quantité d'Objets de fantaisie
et de Tabletterie
Étoffes anciennes, Dentelles et Guipures

TABLEAUX ET GRAVURES DU XVIIIᵉ SIÈCLE

Meubles ordinaires, Ustensiles de Cuisine, Linge de Maison

BILLARD

DONT LA VENTE AURA LIEU

Après le décès de Madame la MARQUISE DE ***

HOTEL DROUOT, SALLE Nᵒˢ I

Les Mardi 24, Mercredi 25, Jeudi 26, Vendredi 27
et Samedi 28 Juin 1890, à 2 heures

Par le ministère de Mᵉ **Jules APPERT**, Commissaire-Priseur,
rue de Rivoli, 55

Assisté de **M. B. LASQUIN**, Expert, rue Laffitte, 12

CHEZ LESQUELS SE DISTRIBUE LA PRÉSENTE NOTICE

EXPOSITION PUBLIQUE

Le Lundi 23 Juin 1890, de 1 heure 1/2 à 5 heures 1/2

CONDITIONS DE LA VENTE

La vente sera faite au comptant.

Les Acquéreurs paieront, en sus des adjudications, CINQ POUR CENT applicables aux frais de la vente.

A. MAULDE et Cie, imprimeurs de la Compagnie des Commissaires-Priseurs, rue de Rivoli, 144.		500—7028

DÉSIGNATION SOMMAIRE

DIAMANTS, BIJOUX

1 — Deux Boutons d'oreilles solitaires en brillant.

2 — Deux paires de Boutons d'oreilles formés de perles dont une enrichie de brillants.

3 — Broche ornée de deux perles et de roses.

4 — Écrin contenant dix-huit Bagues, enrichies de brillants, de perles, de turquoises et de pierres de couleurs.

5 — Écrin contenant trente-quatre Bagues d'or ornées de camées, d'intailles, de perles, de pierres de couleurs, de miniatures.

6 — Écrin contenant seize Bagues d'or ornées de petits brillants, de roses et de pierres de couleurs.

7 — Broche en forme de croissant en saphir et brillants.

8 — Broche et deux Pendants d'oreilles anneaux en turquoises et roses.

9 — Deux Pendants d'oreilles ornés chacuns de quatre turquoises et d'une croisette en brillants.

10 — Deux Pendants d'oreilles en brillants et pierres de couleurs.

11 — Bagues à chaton ovale pavé de brillants.

12 — Montre mignonnette ancienne avec châtelaine garnie de petits brillants.

13 — Nécessaires de poche.

14 — Couteaux Louis XVI.

15 — Objets en filigrane d'argent.

16 — Boucles de ceinture et de soulier en argent et acier.

17 — Bijoux normands en or.

18 — Collection de Bijoux en forme de cœur en or et argent garnis de pierres et d'émaux.

19 — Quantité innombrable de Bijoux, Broches, Bracelets, Colliers, Médaillons, Bagues, Pendants d'oreilles, Boutons, Épingles, etc., en or garnis de pierres fines, de perles, de miniatures et d'émaux.

20 — Bijoux anciens et de style, Châtelaine Louis XVI, Breloques, Parures, etc.

21 — Très grand nombre de Bijoux en strass, Boucles d'oreilles, Agrafes, Châtelaines, Broches, Pendantifs.

22 — Quantités de Bijoux faux et imitation.

OBJETS DE VITRINE

23 — Jolie Bonbonnière Louis XVI, en or émaillé bleu, de forme ovale, le couvercle orné d'une miniature, portrait de femme entouré d'un rang de demi-perles fines.

24 — Plusieurs Boîtes de différentes formes en cristal de roche en améthiste des époques Louis XV et Louis XVI montées en or.

25 — Boîtes en émail et en porcelaine ancienne de Saxe.

26 — Miniatures diverses dans le genre de Charlier, portraits et sujets.

27 — Montres anciennes, Breloques, Couteaux, Miniatures, Clefs en fer, Boîtes en émail de Saxe, variées, de formes et de décor, Boîtes en écaille, émail, porcelaine, onyx et avec miniatures anciennes et modernes.

28 — Carnets, Étuis, Nécessaires, Flacons à odeur Louis XV et Louis XVI, en or, en argent et en vernis Martin.

29 — Boîtes et Tabatières en écaille, ornées de miniatures Louis XVI.

30 — Cassolettes en argent, Boîtes à mouches, Étuis, etc.

31 — Statuettes et Bas-Reliefs en ivoire.

32 — Cadres en filigrane d'argent, Médaillons entourés de strass.

33 — Grand nombre de petits Objets en argent : tels que Sucriers, Coupes, petites Boîtes, Tabatières, Ceintures, Châtelaines, Appliques, Fermoirs de livres et d'escarcelles, Couteaux, Cuillers, Fourchettes.

34 — Beau Nécessaire de voyage du temps de l'Empire avec ustensiles richement garnis en vermeil.

35 — Deux Bas-Reliefs en cire très finement exécutés, d'après des tableaux du xviie siècle.

36 — **ÉVENTAILS** des époques Louis XV et Louis XVI à montures de nacre et d'ivoire avec feuilles peintes à la gouache.

37 — Grand nombre d'Éventails modernes.

ARGENTERIE

38 — Environ 35 kilogrammes d'Argenterie : Couverts, Services de table, Services à hors d'œuvre, Cafetières, Plats, Légumiers, Soupières, Pots à lait, Bouillottes, Salières, Moutardiers.

PLAQUÉ

39 — Candélabres, Réchauds, Légumiers, Cafetières, Plats et Service de table.

PORCELAINES

40 — Deux Statuettes en ancien biscuit de Sèvres : *les Gardes à vous.*

41 — Pot-à-eau et Cuvette en vieux Sèvres, pâte tendre à décor de roses.

42 — Porcelaines de Sèvres, de Chine, de Saxe et d'Allemagne, Tasses, Vases, Sucriers, Bols.

43 — Flambeaux en ancienne porcelaine de Berlin.

44 — Quantité de Porcelaines anciennes diverses : Mennecy, Saxe, Chine, Weegdwood, etc.

45 — Jardinières en porcelaine de Chine à décor bleu avec supports en bois noir.

TABLEAUX ET GRAVURES

46 — Portrait de Marie-Antoinette, attribué à DROLLING.

47 — Portraits et Tableaux de l'école française du xviiie siècle.

48 — Quatre petites peintures sur cuivre de l'école de FRANCK : Les Sens.

49 — Gouaches du xviiie siècle.

50 — Gravures encadrées en noir et en couleurs de l'école française et anglaise du xviiie siècle.

BRONZES D'AMEUBLEMENT

51 — Joli Cartel Louis XV en bronze doré à ornements rocaille et feuillages surmonté d'une figurine d'enfant. Cadran au nom de *Moisy* à Paris.

52 — Petit Cartel Louis XVI en bronze doré à guirlandes et culot de feuillages.

53 — Encrier Louis XV composé de trois gobelets en céladon sur plateau en ancien laque de Chine avec monture rocaille en bronze doré.

54 — Pendule Louis XVI en marbre et bronze à piliers cannelés surmontés de médaillons en biscuit de Sèvres.

55 — Flambeaux Louis XVI en cuivre.

56 — Chenets de style Louis XVI en bronze doré.

57 — Lampes de Gagneau en porcelaine bleu turquoise montées en bronze.

AMEUBLEMENT

ANCIEN ET DE STYLE

58 — Commode Louis XVI en bois marqueté : Trophées d'instruments, groupes de fruits et branches de fleurs.

59 — Bureau Louis XV ouvrant à abattant en bois marqueté à sujets de chasse et garni de bronzes.

60 — Secrétaire Louis XV en bois rose et amaranthe garni de bronzes.

61 — Belle Armoire normande en chêne sculpté.

62 — Vitrine à hauteur d'appui en acajou à angles cannelés, ornée de bronzes.

63 — Beau Lit à baldaquin de style Louis XVI en bois sculpté et doré.

64 — Table Louis XVI en bois de rose avec tabletté pour écrire et tiroirs sur les côtés.

65 — Pendule forme dite religieuse en marqueterie de cuivre et d'écaille.

66 — Meuble à deux corps Louis XIII en noyer à moulures, montants à torsades et frise sculptée à rinceaux et têtes d'enfants.

67 — Meuble analogue au précédent et de même époque, celui-ci avec panneaux taillés à facettes.

68 — Console Louis XVI en acajou à coins arrondis, à deux tablettes de marbre blanc.

69 — Deux autres petites Consoles de même style.

70 — Cabinet Louis XIII en ébène sculpté à sujets de figures, moulures guillochées sur son support à huit pieds balustres.

71 — Cabinet Louis XIII en bois noir sur son support à pieds tors.

72 — Bureau plat Louis XVI en acajou avec moulures en bronze.

73 — Table forme rognon en marqueterie hollandaise à fleurs.

74 — Deux Encoignures Louis XV en bois satiné à dessus de marbre.

75 — Petit Bureau à cylindre en acajou à moulures de cuivre.

76 — Gaine de style Louis XVI, en érable et amarante, garnie de bronzes.

77 — Petit Écran Louis XVI, en bois laqué blanc avec feuille en soie à rayures.

78 — Paravent de style Louis XVI, à quatre feuilles, en bois doré, garni en tapisserie au point.

79 — Écran de style Louis XVI, en bois peint, en blanc avec feuille en broderie de soie.

80 — Coffrets de différentes époques. Meubles d'enfants Louis XV et Louis XVI.

81 — Miroirs et Supports-Appliques en bois sculpté et doré.

82 — Ameublement de salle à manger de style Henri II, en noyer sculpté, composé de : deux Buffets, une Table et douze Chaises garnies de tapisserie au petit point de même style.

83 — Meubles de fantaisie : Tables à ouvrages, Guéridons petites Vitrines.

84 — Meubles de cabinet de toilette.

85 — Paravents, Tables, Guéridons, Vitrines et divers petits Meubles de salon.

SIÈGES

86 — Quatre Fauteuils et deux Chaises d'un beau modèle Louis XVI, en bois doré, garnis de brocatelle fond saumon, les dossiers carrés surmontés de bouquets de fleurs.

87 — Quatre Fauteuils et quatre Chaises Louis XVI, à dossier ovale en bois peint en blanc, garnis de lampas bleu.

88 — Fauteuil Louis XVI, à dossier ovale en bois sculpté et doré, garni de tapisserie à la main.

89 — Chaise longue Louis XV, en deux parties, en bois doré, garnie de soie verte à fleurs.

90 — Deux Fauteuils Louis XV, en bois sculpté, garnis de velours vert frappé.

91 — Bergère Louis XVI, en bois peint blanc garnie de velours rouge.

92 — Petit Canapé de style Louis XVI, en bois sculpté et doré, à dossier, surmonté de branches de roses, garniture en tapisserie au point.

93 — Marquise de style Louis XV, en bois sculpté, garnie de soie ancienne à rayures et fleurs sur fond vert d'eau.

94 — Deux Bergères Louis XV, en bois doré, garnies de soie bleu à fleurs.

95 — Petit Fauteuil carré de style Louis XVI, en noyer sculpté, garni de soie crème à fleurs.

96 — Sujets divers : Fauteuils, Chaises, Tabourets de fantaisie.

97 — Coussins en brocart et soie brodée.

TENTURES

98 — Deux Garnitures de fenêtre, Rideaux et Lambrequin en étoffe brochée.

99 — Six Portières en reps de soie brochée rouge.

100 — Ruches Tentures de fenêtres et de Portières en brocatelle, vieux rose à dessin Louis XVI.

101 — Portières en reps de soie brochée.

102 — Tapis en moquette.

103 — Étoffes anciennes.

104 — Dentelles et Guipures anciennes.

OBJETS DE FANTAISIE
ET DE TABLETTERIE

105 — Très grand nombre d'Instruments de Bureaux, Papeterie,

106 — Coutellerie, Ciseaux, Couteaux, Canifs,

107 — Maroquinerie, Carnets, Albums, Porte-monnaie, Porte feuilles, Buvards, etc.

108 — Meubles garnissant plusieurs chambres de domestiques.

109 — Batterie de cuisine, en cuivre et Ustensiles, Meubles, etc.

110 — Linge de maison.

111 — Garde-Robe.

RED. :

19

graphicom

0 1 2 3 4 5 6 7 8 9 10

BIBLIOTHEQUE NATIONALE DE FRANCE

****

CHATEAU DE SABLE

1996